내가 이상합네까?

홍종의 글 / 윤민경 그림

 효리원
hyoreewon.com

두 번째 통일 이야기

지금으로부터 16년 전, 저는 「철조망 꽃」이라는 동화를 써서 상을 받고 동화 작가가 되었어요. 그 동화는 우리나라가 통일이 되었다는 상상 속에서 남과 북 친구들이 하나가 되어 평화롭게 어울리며 살아가는 이야기였어요.

그 동화를 쓰면서 저는 곧 통일이 될 것이라고 굳게 믿었지요. 그리고 마음속으로 얼마나 기도를 했는지 몰라요. 동화처럼 제발 제 예상이 빗나가지 않기를요.

그로부터 16년이 지난 지금, 저는 또 우리나라가 통일이 되었다는 상상 속에서 남과 북 친구들의 이야기를 써야 하는 아주 형편없는 작가가 되고 말았어요.

쉽게 말해 우리나라가 아직 통일이 되지 않았다는 뜻이지요. 저는 완전한 거짓말쟁이가 된 것이에요. 그러나 실망을 하기에는 아직 이르다는 생각이에요.

16년 전 그때보다 지금이 훨씬 통일을 이루기 좋은 시기인 것 같아요. 그러나 모든 일들이 시기가 좋다고 다 이뤄지는 것은 아니더라고요.

이야기 속 해동이처럼 통일을 준비하는 아이가 많아질 때 통일을 앞당길 수 있어요.

이야기 속 은비처럼 아까워도 내 것을 내놓는 아이가 많아질 때 통일을 앞당길 수 있어요. 진짜 통일은 해동이의 말처럼 사람들의 마음이 서로 통할 때 이뤄지는 것이에요.

이 동화가 상상의 이야기라고는 하지만 그 상상이 아주 터무니없는 것은 아니에요. 특히 통일에 대한 상상이란 우리의 간곡한 바람이기도 해요. 간곡한 바람이 모여 큰 소원을 이룰 수 있어요.

설마 지금으로부터 16년이 지난 후, 제가 또 우리나라가 통일이 되었다는 상상 속에서 남과 북 친구들의 이야기를 써야 하는 그런 형편없는 작가가 되어서는 안 되겠죠?

저의 첫 번째 통일 이야기는 예상이 빗나갔지만 두 번째 통일 이야기는 딱 들어맞았으면 좋겠어요.
그리고 세 번째 통일 이야기는 정말
쓰지 않았으면 해요.

글쓴이 홍종의

차 례

할아버지의 편지

　오늘은 남과 북이 통일이 된 지 1년이 되는 날이에요. 드디어 통일교류부에서 연락이 왔어요. 아빠는 새로 생긴 통일교류부에 북에 있는 친척을 찾아 달라는 신청서를 내고 목이 빠지게 기다리고 있었거든요.

　"자, 빨리빨리 서둘러. 아버님 산소에 가서 얼른 알려 드려야지."

　아빠가 물에 빠진 사람처럼 두 팔을 허우적거리면서 말했어요. 몹시 기쁠 때 나타나는 아빠의 이상한 행동이에요.

　"은비, 뭐 하니? 얼른 고모한테 전화 걸지 않고!"

아빠가 나에게 소리쳤어요.

"아니다, 됐어. 내가 걸게."

내가 전화를 하려는데 아빠는 그사이를 참지 못하고 고모에게 전화를 걸었어요.

"동미야, 찾았다. 북에 사시는 형님과 조카들 말이야. 방금 통일교류부에서 연락이 왔어. 얼른 준비하고 나와 있어라."

고모가 뭐라고 하는 것 같은데 아빠는 일방적으로 전화를 끊었어요.

"나는 산소에 안 가면 안 돼? 숙제가 있는데."

나는 얼굴을 찡그리며 엄마에게 말했어요. 정말 숙제가 산더미같이 많았어요.

"네가 거긴 뭘 하러 가. 넌 집에 있어."

다행히 엄마가 내 편을 들어주었어요. 엄마도 나처럼 할아버지의 산소에 가기 싫은 눈치였어요.

"여보! 금고 열쇠 어딨어? 열쇠 말이야."

어느새 안방으로 들어간 아빠가 소리쳤어요.

"열쇠는 왜요?"

엄마가 깜짝 놀라면서 안방으로 들어갔어요.

"정말 그 상가 건물을 북에 사신다는 형님에게 줄 거예요?"

안방에서 엄마의 목소리가 쨍하고 울렸어요.

"통일이 되면 북에 있는 형님에게 드리라는 아버님의 유언이야."

아빠가 대답을 했어요.

"유언은 무슨……. 당신 혼자만 들은 거잖아요. 핏! 고모가 잘도 그러라고 하겠네요."

엄마가 콧방귀를 뀌며 고모를 끌어들였어요.

"거기에 왜 동미가 들어가. 동미와는 아무 상관 없는 일이야."

아빠가 물러서지 않았어요.

"아유, 왜 통일이 되어서 이 난리야. 그냥 각자 알아서 잘 살면 되지."

엄마가 머리를 흔들며 거실로 나왔어요.

"저 사람이?"

아빠의 목소리가 거기에서 뚝 그쳤어요. 그리고 한참

동안 안방이 조용했어요. 엄마는 고양이 걸음으로 살금 살금 다가가 안방 문에 귀를 대고 엿들었어요. 엉덩이를 뒤로 쭉 빼고 말이에요.

그때 방문이 벌컥 열렸어요. 당연히 엄마는 안방을 나오는 아빠의 몸 위에 쓰러졌고요.

"이 사람이 은비가 보고 있는데, 지금 뭐 하는 거야!"

아빠가 화를 내며 엄마의 몸을 밀쳐 냈어요.

"은비도 할아버지 산소에 가야지. 얼른 나와."

아빠가 먼저 현관문을 나섰어요. 그때부터 아빠와 엄마, 나는 약속이라도 한 듯 입을 굳게 다물었어요.

승용차가 고모가 사는 아파트로 들어섰어요. 기다리던 고모가 승용차를 발견하고 두 팔을 허우적거리며 달려들었어요. 아빠가 했던 것과 똑같았어요. 다른 것이 있다면 아빠는 기쁠 때, 고모는 당황할 때 나타나는 행동이라는 거지요.

'누가 남매 아니랄까 봐. 아주 똑같아.'

엄마도 그렇게 생각했나 봐요. 엄마가 입을 삐죽거렸어요.

“오빠, 오빠! 지금 당장 그 사람들 만나러 북으로 가는 것은 아니지?”

승용차에 탄 고모는 숨이 넘어갔어요.

“가긴 어딜 가. 아버님 산소에 가서 형님을 찾았다고 말씀드려야지. 얼마나 기다리셨겠니.”

아빠의 목소리가 떨렸어요. 아빠는 가슴이 너무 뛰어 힘든지 가끔 숨을 몰아쉬기도 했어요.

“은비는 이제 좋겠다. 친척이 생겨서.”

아빠가 가만히 있는 나를 끌어들였어요. 아빠의 말은 나의 대답을 듣기 위해 하는 말 같지가 않았어요. 그래서 나는 대답을 하지 않았어요.

“상가 건물은 어떻게 한대?”

엄마와 함께 뒷자리에 나란히 앉은 고모가 속삭였어요.

“몰라. 궁금하면 오빠한테 물어봐.”

엄마도 속닥거렸어요.

“십 년만 더 사셨어도 통일을 볼 수 있으셨는데…….
형님을 만날 수 있으셨는데…….”

아빠가 혼잣소리처럼 중얼거렸어요. 남과 북이 통일

이 되고 나서 아빠가 입에 달고 사는 소리였어요.

"차암, 오빠도. 아버지가 여태껏 사셨으면 연세가 95세야. 돌아가실 때까지 건강하게 사셨으니 복 받으신 거야. 그보다 엄마가 안타깝지 뭐."

고모가 손가락을 꼽아가며 돌아가신 할아버지의 나이를 셌어요.

"아유, 불쌍한 우리 엄마!"

갑자기 고모가 울먹였어요.

"오빠는 모를 거야. 북에 두고 온 자식 줘야 한다며 아버지가 얼마나 돈에 벌벌 떨었는지……. 엄마에게 변변한 옷 한벌 못 사 입게 하셨어. 엄마는 돈 때문에 병원 치료 한번 제대로 못 받고 병을 키워 돌아가신 거라고."

고모가 훌쩍거리기 시작했어요.

"우리 아버지, 그렇게 구두쇠 노릇을 하며 모은 돈을 손수 그 자식한테 못 물려줘 어떻게 돌아가셨대? 아마 눈도 제대로 못 감으셨을 거야."

고모의 이 말도 귀에 딱지가 앉을 만큼 들은 이야기였어요.

할아버지는 내가 태어나던 해에 돌아가셨어요. 그리고 할머니는 내가 다섯 살 때 돌아가셨고요. 나는 할아버지의 얼굴과 할머니의 얼굴을 잘 몰라요. 그래서 할아버지, 할머니 이야기는 실감이 나지 않아요. 내가 참견할 거리가 눈곱만큼도 없는 거지요.

"전쟁으로 가족을 남겨 두고 혼자 남한으로 내려온 아버님 생각을 해 봐. 얼마나 가슴이 아팠겠나. 그것도 북한의 형님이 두 살 때이셨잖아. 몇 십 년 동안 형님을 만나기 위해 통일이 되기만을 기다리다 돌아가신 아버님이야. 너도 자식을 키워 봐서 알잖아. 우리가 이해를 해 드려야지."

이번에는 아빠의 목소리가 흔들렸어요.

"그래도 상가 건물을 그 사람들한테 다 주는 것은 말도 안 돼. 거기에는 엄마 몫도 있어. 난 딸로서 엄마 몫을 지킬 거야."

고모가 힘주어 말했어요.

"여태껏 건물 임대료를 네가 받았잖아. 그만하면 됐지 뭘 바라. 딴소리 하지 마."

아빠가 물러서지 않았어요.

"그렇게만 해 봐. 다시는 오빠 안 볼 거야. 그럼 딱 둘밖에 없는 우리 남매는 완전히 남이 되는 거지 뭐. 완전히 이산가족이 되는 거라고."

고모도 양보를 하지 않았어요.

"너도 억지 좀 부리지 마. 이제 철이 들 때도 됐잖아. 은비가 듣고 있는데."

아빠가 또 나를 끌어들였어요. 사실 나는 안 듣고 있는 것이나 마찬가지였거든요. 아빠와 고모의 이야기는 복잡한 퍼즐 게임 같았어요. 이야기를 듣다 보니 머릿속이 뒤죽박죽되고 가슴이 답답해졌어요. 그래서 자꾸만 창문을 내렸다 올렸다 했어요.

드디어 할아버지 산소에 도착했어요. 아빠가 절을 두 번 하고 산소 앞에 무릎을 꿇고 앉았어요.

"아버님, 드디어 형님을 찾았습니다. 이제 마음 놓으세요. 아버님 말씀대로 따르겠습니다."

아빠가 국어책을 읽듯이 또박또박 말했어요. 그리고 양복 안주머니에서 무엇인가를 꺼냈어요.

"이리들 와 봐. 통일이 되어 형님을 찾으면 뜯어보라고 하신 아버님의 편지야."

아빠는 노랗게 색이 변한 편지 봉투를 흔들어 보였어요. 고모와 엄마가 깜짝 놀라며 다가왔어요. 아빠가 안방 금고에서 꺼낸 것이 바로 할아버지의 편지였나 봐요.

"어서 뜯어봐요. 어서요!"

고모가 침을 꼴깍 삼키며 말했어요. 엄마의 눈도 반짝거렸고요. 나도 궁금해서 목을 빼고 들여다봤어요.

아빠가 조심스럽게 편지 봉투를 뜯었어요. 봉투 안에서는 편지 봉투보다 더 색이 바랜 편지지가 나왔어요.

창식아, 너의 형 창문이를 이 아버지라고 생각해 다오.

편지지에는 이렇게 큰 글씨로 딱 한 줄만 써 있었어요.

"봐요. 상가 건물에 대한 이야기는 한 마디도 없어. 아버지의 유언은 오빠가 꾸며낸 거야."

고모가 신이 나서 말했어요. 엄마의 얼굴도 환하게 밝아졌어요. 편지가 너무 짧아서 아쉬운지 아빠가 몇 번이

나 반복해서 읽었어요.

"이것은 아버님께서 형님에게 전해 주라는 편지야."

아빠가 양복 안주머니에서 다른 편지 봉투를 꺼냈어요. 고모가 뜯어보자고 졸랐지만, 아빠는 끝끝내 편지 봉투를 뜯지 않았어요.

불편한 손님

"은비, 너는 좋겠다? 조카가 생겨서."

고모가 말하는 조카란 북한에 산다는 해동이라는 아이예요. 나와 나이가 같은 남자아이래요. 며칠 전부터 아빠와 엄마가 머리를 맞대고 그 이야기를 했어요.

"하필 이럴 때 온다고 할 게 뭐야."

엄마가 얼굴을 찡그렸어요. 엄마는 허리가 아파 며칠째 고생을 하고 있었어요. 앉지도 서지도 못하고 쩔쩔맸어요.

"아유, 머리 아파! 왜 통일이 되어 가지고 이 난리냐고. 그냥 각자 알아서 잘 살면 되지."

고모가 얼굴을 벌겋게 붉히며 말했어요.

"그럼 그 사람들이 우리와는 어떤 관계야. 예순이 넘으신 노인은 시아주버님이 되고, 은비 아빠와 나이가 비슷하다는 그분은 시아주버님의 아들이니까 나에게는 시조카가 되고, 은비 또래라는 그 조카의 아들은 손자가 되네. 아, 어려워."

엄마가 머리를 절레절레 흔들었어요. 나도 엄마의 말줄기를 따라가며 머릿속으로 표를 그려 봤어요.

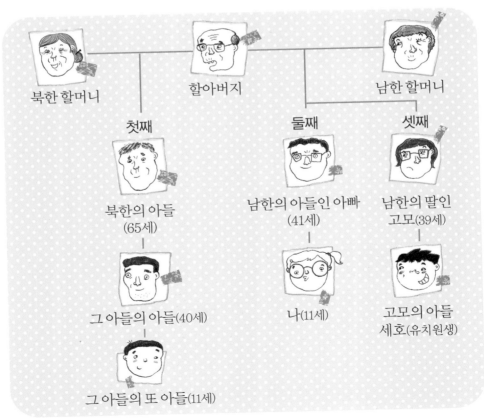

북한 할머니 할아버지 남한 할머니

첫째 둘째 셋째

북한의 아들
(65세)

남한의 아들인 아빠
(41세)

남한의 딸인
고모(39세)

그 아들의 아들(40세)

나(11세)

고모의 아들
세호(유치원생)

그 아들의 또 아들(11세)

정리는 되었지만 이해가 되지 않았어요. 아빠와 나이가 비슷한 사람이 나에게는 사촌 오빠가 되는 거예요.

"머지않아 나라에서 가족관계부도 다시 정리한다는 말이 있어. 그럼 완전히 뒤죽박죽이 될 거다."

고모가 심각하게 말했어요.

"그럼 아버님이 남기신 상가 건물을 진짜 그분에게 주어야 하는 거야?"

엄마가 진짜 하고 싶은 말은 그 말인 듯했어요. 엊그제부터 아빠와 이야기를 하면서 엄마는 그 말을 빠뜨리지 않았어요.

"말도 안 돼! 아버지 돌아가신 지가 벌써 몇 년인데, 오빠는 왜 여태 그것을 안 팔고 잡고 있었는지 모르겠어. 우리 집도 아이가 아프고 사업이 안 돼 어려운 것 알면서."

고모가 구두에 불이 나도록 쫓아온 것도 그것 때문인 것 같았어요.

"올 시간 다 돼 가지?"

고모가 휴대 전화를 꺼내 시계를 봤어요.

"언니는 절대 나서지 마. 내가 알아서 할게."

고모가 두 주먹을 꼭 쥐며 말했어요. 아주 대단한 결심을 한 모양이에요.

"은비 아빠는 받아 줄 모양이던데?"

엄마가 고모에게 고자질을 하듯 말했어요.

"말도 안 돼! 먼저 아이를 전학시키고 집을 마련할 동안 같이 지내자고 하겠지. 내가 주변에 알아 봤더니 그게 다 그 사람들 수법이야. 걱정하지 마. 내가 다 알아서 할 거야."

고모가 자세를 고쳐 앉았어요.

"띠디디딕, 띠익!"

현관문 번호 키 누르는 소리가 났어요. 고모가 벌떡 일어났어요. 나도 긴장이 되어 가슴이 두근거렸어요..

"들어오세요. 여기가 저희 집입니다."

아빠가 꼬리처럼 손님들을 달고 거실로 들어왔어요. 제일 먼저 머리가 하얗게 센 할아버지가 들어오고, 그다음에는 머리통이 밤톨을 닮은 남자아이, 해동이가 들어왔어요. 그리고 마지막에는 아빠보다 좀 늙어 보이는 아저씨가 뒷머리를 긁적이며 들어왔어요. 모두들 옷차림이 촌스러웠어요.

"집이 좋습네다. 조카님은 아주 부자인가 봅네다? 하하핫!"

아저씨가 억지스럽다 싶게 큰 소리로 웃었어요. 아저씨의 말에 고모가 두 손을 허리에 척 올렸어요.

"부자는 무슨······. 여기는 그냥 모두들 이렇게 살거든요!"

고모가 총알처럼 쏘아 댔어요. 갑자기 분위기가 싸늘해졌어요.

"이쪽은 제 집사람입니다."

당황한 아빠가 얼른 손님들에게 엄마를 소개했어요. 허리가 아픈 엄마가 기우뚱하게 서서 머리를 살짝 숙였어요. '어서 오세요.' 라고 인사말을 하는 것 같았는데 못 들을 정도로 작았어요.

"이쪽은 제 여동생 동미입니다. 결혼해서 따로 살고 있습니다."

아빠가 고모를 소개했어요. 고모는 세 사람의 눈길이 쏟아지자 어쩔 수 없이 허리에 올린 두 손을 슬그머니 내

렸어요. 대신 목을 더 꼿꼿하게 세웠어요. 할아버지가 머리를 끄덕이고 아저씨는 허리까지 숙이며 인사를 했어요. 눈치를 보던 해동이가 코가 바닥에 닿을 정도로 허리를 숙였어요.

"얘는 제 딸입니다. 은비야, 이분은 네게 큰아버지가 되시고, 이분은 네게 사촌 오빠가 되시고, 얘는 조카가 된단다."

아빠가 차근차근 설명을 했어요. 이미 손님들이 오기 전에 엄마의 말을 듣고 머릿속으로 정리해 놓은 것들이에요. 나는 어디에 대고 인사를 해야 될지 몰라 쩔쩔맸어요. 그때 해동이와 눈이 딱 마주쳤어요. 해동이가 보일락 말락 희미하게 웃었어요.

"작은어머님은 어디가 아프십네까?"

아저씨가 엄마를 보며 물었어요. 엄마가 깜짝 놀라며 기우뚱한 몸을 바로 세웠어요. 아저씨가 말한 '작은어머님' 이라는 소리가 엄마의 허리 병을 낫게 한 모양이에요.

"자, 인사는 짧을수록 좋고요. 이제 앉아서 이야기해요. 은비, 너는 얘 데리고 네 방으로 가고."

고모가 썩 나서며 말했어요. 찬바람이 쌩 돌았어요. 엄마가 고모의 옆구리를 꾹 찔렀어요. 그러거나 말거나 고모가 몸을 던지듯이 먼저 소파에 앉았어요. 그런 고모의 태도에 아빠도 당황하고 할아버지와 아저씨도 놀란 눈치였어요.

　　"은비는 어서 네 방으로 가라니까?"

　　고모는 정말 너무해요. 괜히 나에게 신경질을 부렸어요. 나는 눈물이 핑 돌았어요. 해동이가 지켜보고 있어서 더 창피하고 화가 났어요.

　　"그래, 은비는 해동이 데리고 방에 들어가서 놀아. 어른들끼리 할 이야기가 있으니까."

　　엄마가 나를 방으로 떠밀지 않았더라면 가만히 있지 않았을 거예요. 여태껏 나도 참을 만큼 참고 있었거든요.

　　해동이가 얼결에 내 방으로 따라 들어왔어요.

　　"앉아!"

　　나는 턱짓으로 의자를 가리키며 말했어요. 마치 고모가 나에게 그랬던 것처럼요. 그런데 해동이가 엉뚱하게 침대에 걸터앉았어요.

"거기 말고오!"

내 말 끝이 쭉 올라갔어요. 해동이가 깜짝 놀라 침대에서 벌떡 일어났어요. 침대 위에 해동이의 엉덩이 자국이 남았어요. 해동이도 그것을 봤나 봐요. 해동이는 미안했던지 얼른 침대보를 당겨 엉덩이 자국을 지워 놓았어요.

"저기."

나는 다시 턱짓으로 의자를 가리켰어요. 그래도 해동이가 움직일 생각을 안 했어요.

"……."

이번에는 말을 하지 않고 턱짓만 했어요.

"일없습네다."

해동이가 힘주어 말했어요. 가슴이 뜨끔했어요. 전혀 생각지 않았던 일이었거든요. 형광등 불빛 아래에 서 있어서인지 몰라도 짧게 자른 머리카락에서 푸른빛이 돌았어요. 해동이는 군인처럼 두 팔을 막대기처럼 아래로 쭉 뻗고 주먹을 쥐고 있었어요. 입술을 쑥 내민 것을 보면 심통이 난 듯했어요.

'다 고모 때문이야.'

그런 생각이 들었어요.

'고모가 나한테 그러니까 쟤도 나를 우습게 보는 거야.'

생각이 가지를 쳤어요.

'내가 저한테는 고모라고 하던데……'

슬그머니 분한 생각까지 들었어요. 솔직히 해동이가 같은 나이라고 해서 은근히 기대를 하고 있었어요. 고모의 아들 세호는 아직 유치원에 다녀 말도 안 통했고요. 또 외삼촌과 이모들은 결혼을 안 해 아이가 없었어요.

다시 고모의 목소리가 높아졌어요. 해동이가 방문 앞으로 걸어가 귀를 쫑긋 세웠어요. 잘 들리지는 않지만 분위기가 안 좋은 것만은 확실했어요. 그렇다고 해동이에게 못 듣게 할 수 없었어요. 해동이의 얼굴이 점점 일그러졌어요.

"우린 거지가 아닙네다. 나도 오기 싫었습네다."

해동이가 투덜거리듯 말했어요. 그리고 방바닥에 털썩 주저앉았어요. 나는 한참 동안 그 말의 뜻을 생각해 봤어요.

'그래서 나보고 어쩌라고.'

내 생각은 거기에서 멈췄어요. 가뜩이나 불편해 죽겠는데 반항기 있는 해동이의 태도에 슬슬 짜증이 밀려왔어요.

'아유, 머리 아파! 왜 통일이 되어 이 난리냐고. 그냥 각자 알아서 잘 살면 되지.'

고모와 엄마가 한 말이 떠올랐어요. 내 생각도 비슷하긴 하지만 그렇다고 대놓고 불평을 할 정도는 아니었어요. 아직까지 생활하는 데 특별히 불편한 점은 없었으니까요.

그러나 이제부터는 좀 바뀔 것 같다는 생각이 들었어요. 아무리 성질이 고약한 고모여도 오늘처럼 대놓고 나를 무시한 적은 없었고요, 또 이렇게 해동이처럼 불편한 손님을 맞아 본 기억은 없었어요. 다 통일이 되었기 때문에 일어난 일이에요.

이산가족

고모의 예상은 정확했어요. 고모의 말처럼 며칠 후 해동이가 짐을 싸 가지고 왔어요. 먼저 해동이만 전학을 시키기로 한 것이지요. 학교는 우리 집에서 다니는 것으로요. 큰아버지가 된다는 할아버지는 북한에 남기로 하고, 나중에 집이 마련되면 해동이네만 이사를 오기로 했대요.

"우리 학교로 오는 것 아니죠?"

나는 바보처럼 물으나 마나 한 질문을 했어요. 우리 아파트 단지 내에 있는 학교를 두고 다른 학교로 전학을 시킬 리가 없잖아요.

'4학년이 열 개 반이니까 설마 우리 반으로 오지는 않

겠지.'

나는 생각을 자꾸 그쪽으로 몰아갔어요.

아빠가 출근을 늦게 하고 해동이의 전학을 돕기로 했어요. 그럴 수 있다고 이해를 했어요.

"해동이는 우리 집안의 종손이야."

해동이가 오고 나서 아빠가 '종손' 이라는 소리를 몇 번이나 했는지 몰라요. 오죽하면 내가 컴퓨터로 '종손' 이라는 단어를 찾아봤겠어요.

종손(宗孫) : 종가의 대를 이을 자손, 형이나 아우의 손자.

다행한 것은 그렇게 대단한 뜻이 있어 보이지 않았어요.

"은비가 고모가 되니까 해동이를 잘 보살펴 줘야 해."

아빠가 오른팔로 해동이의 어깨를 감싸 안으며 말했어요. 아빠가 그 말만 안 했다면 괜찮았을 거예요.

"나하고 무슨 상관인데?"

나는 참지 못하고 팩 하고 쏘아붙였어요. 고모의 말이 척척 들어맞아 기분이 나빴는데 기어코 터져 버린 것이지요.

"왜 은비한테 부담을 주고 그래요."

엄마도 불만이 많은 모양이었어요.

"어째 은비는 갈수록 고모를 닮아 가냐. 팩팩거리는 것이 꼭 고모를 닮았네. 하하하."

해동이가 지켜보고 있어 난처해진 아빠가 괜히 큰 소리로 웃으며 고모 핑계를 댔어요. 그것도 마음에 안 들었어요.

"어서 가. 학교 늦겠다. 해동이는 아빠가 천천히 데리고 갈 거야."

엄마가 나를 떠밀고 밖으로 나왔어요.

"같은 반이 아니면 괜찮잖아. 걱정 마. 아빠한테 다른 반으로 하라고 할게."

엄마도 내 생각과 같았어요.

"아빠는 내가 몇 반인지도 모를걸?"

어쩌면 그렇게 때에 맞춰 적당한 말이 튀어나왔는지 몰라요.

"그래, 반부터 알려 줘야 되겠다. 나도 깜빡할 뻔했어. 역시 우리 딸은 머리 회전이 빨라."

엄마가 진심으로 감탄을 하는 것 같았어요. 그 사이 엘리베이터가 내려와 멈췄어요. 문이 열리자 지민이가 타고 있었어요. 지민이는 같은 반인데 19층에 살아요. 나하고는 정말 안 맞는 친구예요.

"지민이가 탔네?"

엄마가 먼저 아는 체를 했어요. 그래도 지민이는 눈만 동그랗게 뜨고 쳐다봤어요.

"안 타?"

내가 멈칫거리자 지민이가 소리를 쳤어요. 다른 때 같으면 맞받아 소리를 치며 안 탔을 거예요. 내가 타자마자 지민이는 닫힘 단추를 꾹 눌렀어요.

"지민이는 어른한테 인사도 할 줄……."

엘리베이터가 문을 닫으며 엄마의 말을 싹 잘라 먹었어요. 정확히 말하면 지민이가 엄마의 말을 잘라 버린 것이지요.

"나는 쓸데없이 친한 척하는 거 딱 싫어."

지민이는 그것도 모자라 내가 들으라는 듯 중얼거렸어요. 괜히 대꾸를 했다가는 하루가 지옥이에요.

'나도 네 엄마한테 똑같이 해 줄 거다.'

나는 입속에서 말을 굴렸어요. 그리고 휴대 전화를 꺼

내 이어폰을 귀에 꽂았어요. 이어폰이 깨지도록 음악이 쏟아졌어요.

하루에 한 번씩은 공부 시간에 꼭 통일 이야기가 나왔어요. 과목에 상관없이 말이에요. 그래도 오늘은 아주 상관이 없지는 않았어요. 새로 바뀐 사회 교과서에 북한의 지형에 대해 자세히 설명이 나와 있었어요.

"자, 우리나라의 이산가족이 무려 15만 명이 넘었던 거야. 이제 자유롭게 왕래를 할 수 있으니 그것만으로도 확실히 통일은 의미가 있는 거지."

이산가족이라는 소리에 괜히 가슴이 두근거렸어요.

"북한의 지형과 이산가족은 어떤 관계일까요?"

지형을 설명하다 선생님이 이산가족 쪽으로 말을 돌렸어요. 거기다 준비하고 있었다는 듯 통일이라는 단어를 딱 붙였어요.

"선생님, 북한에 고향을 둔 사람만 이산가족이에요?"

지민이가 물었어요. 나는 흠칫 놀랐어요. 선생님이 지민이의 질문에 대해 한참 생각하는 듯했어요.

'뭘 알고 그러는 걸까?'

그럴 리가 없어요. 우리 집은 10층이고 지민이네 집은 19층이에요. 혹시 모르죠. 며칠 전, 엘리베이터를 타다 아빠와 같이 있는 손님들을 봤는지도요. 봤다면 눈치 빠른 지민이가 다 알아차리고도 남았어요.

두 과목의 공부가 끝나 가는데도 해동이가 들어오지 않는 것을 보니 다른 반으로 간 듯했어요.

"꼭 그렇지만은 않겠지. 남한에서 살다가 북한으로 간 사람들도 있을 거야. 그 숫자가 북한에서 살다가 남한으로 온 사람들 보다야 적겠지만."

선생님이 이산가족 이야기를 꺼낸 것을 후회할 거예요. 지민이한테 걸리면 기운이 쪽 빠지거든요.

"정답이 나와 있네요. 이산가족을 모조리 이사시키는 거예요. 북한에 있는 고향으로요. 그럼 골치 아프게 남과 북의 인구 비율을 따질 필요가 없겠네요."

지민이가 또 앞질러 갔어요. 다음 단원이 남과 북의 인구 비율에 대한 공부였어요.

"자, 그 문제는 그때 가서 생각해 보기로 하고 오늘은……."

공부가 끝나는 종이 선생님을 살렸어요.

"너는 그렇게 생각 안 하냐?"

선생님이 교실을 나갔는데도 지민이는 태산이를 잡고 늘어졌어요.

"아, 난 몰라, 몰라! 오줌 마려."

태산이가 손을 휘저으며 달아났어요.

정답은 무슨……. 지민이 말대로라면 우리도 북한으로 이사를 가야 해요. 서울에서 태어난 아빠도 고향이 어디냐고 물으면 청진이라고 대답했으니까요.

"야, 빅 뉴스!"

화장실로 달아났던 태산이가 헐레벌떡 뛰어들며 소리쳤어요.

"5반에 북한에서 온 아이가 전학 왔대."

하마터면 심장이 딱 멈출 뻔했어요. 틀림없이 해동이 이야기였어요. 5반이라면 내가 4반이니까 바로 옆 반이에요. 같은 반만 아니면 된다고 생각했지 5반이나 3반, 아니 같은 층에 있는 반은 안 된다는 생각을 못했어요. 6반부터는 층이 달랐어요.

'엄마도 똑같아.'

엄마에게 짜증이 났어요. 나는 휴대 전화를 들고 교실 밖으로 나갔어요. 해동이와 마주칠까 봐 5반 쪽으로는 고개도 안 돌렸어요. 신호가 가자마자 엄마가 전화를 받았어요.

"5반으로 전학시키면 어떡해. 내가 4반인지 몰랐어? 왜 같은 반에다 전학시키지 그랬어. 몰라, 나 학교 안 다

닐 거야."

정말 숨 한 번 안 쉬고 말했어요.

"……."

엄마가 말을 안 했어요. 말 할 틈이 없었겠죠.

"나 아프다고 하고 조퇴할 거야. 아니, 엄마가 담임 선생님한테 당장 전화해. 안 그러면 나 그냥 집으로 갈 테니까!"

정말 그러고 싶었어요. 내 생각은 눈곱만큼도 안 하는 아빠가 분명히 해동이에게 내가 4반이라고 말해 줬을 거예요. 그러면 해동이는 쉬는 시간에 눈치 없이 우리 반을 기웃거릴 거고요.

"어디야, 어디!"

아이들 몇이 우르르 복도로 쏟아져 나왔어요. 맨 앞에 지민이가 보였어요. 나는 얼른 전화를 끊었어요. 아이들이 5반의 창문틀에 머리를 걸고 매달렸어요.

"쟤야? 머리가 밤송이 같은 애? 근데 잘생겼다."

말 많은 희빈이가 호들갑을 떨었어요.

"야, 은비야! 이리 좀 와 봐."

희빈이가 나를 발견하고 부르기까지 했어요. 나는 오도 가도 못하고 쩔쩔맸어요.

"야, 너희들 구경났냐? 너희 반으로 가."

5반 교실에서 누군가 소리를 질렀지만 그럴수록 더 아이들이 창틀에 매달렸어요.

"야, 나온다. 나온다."

아이들이 창틀에서 뚝뚝 떨어졌어요. 나는 얼른 벽을 향해 몸을 돌렸어요.

"나 보러 왔습네까?"

틀림없이 해동이의 목소리였어요.

"내가 이상합네까?"

해동이가 큰 소리로 물었어요. 해동이의 목소리가 복도에 쩌렁쩌렁 울렸어요. 나는 마음을 졸이며 살그머니 몸을 돌렸어요. 나는 해동이와 눈이 마주쳤어요. 복도 가운데 해동이가 버티고 서 있었어요.

"와! 멋있다. 그치? 생긴 것도 잘생겼고. 북한 사투리도 별로 안 써."

희빈이의 호들갑이 다시 터졌어요.

네가 더 이상해

'내가 이상합네까?'

해동이가 한 말이 유행어가 되어 SNS(Social Networking Service 소셜 네트워킹 서비스의 준말. 온라인상에서 다른 사람과 의사소통을 하거나 정보를 나누고 검색하는 데 이용하는 웹사이트를 이르는 말. 미국의 트위터, 마이스페이스, 페이스북, 한국의 싸이월드, 미투데이 등등)를 통해 삽시간에 학교에 퍼졌어요. 누가 올렸는지 해동이의 이야기가 연달아 RT(Retweet 리트윗의 준말. 트위터 용어. 다른 사람이 트위터에 글을 올렸을 때 그것을 자신의 팔로워들에게 전달하는 것을 말함)로 날아왔어요. 해동이는 금방 학교 명물이 되었어요.

엄마가 걱정이 되었는지 계속해서 문자를 보냈어요.
아마 열 통은 왔나 봐요.

"됐어."

나는 달랑 두 글자로 답 문자를 보냈어요.

'그냥 죽은 듯이 학교에 다니면 봐 주자.'

공부 시간 내내 신경이 쓰였지만 나는 거기까지 양보
하자고 마음먹었어요. 북한에서 전학 오는 아이가 아주
없는 것은 아니었으니까요. 그 아이들이 대개 그렇듯이
해동이도 기가 죽어 있는 듯 없는 듯 지내기를 바랐어요.

"야, 귀엽지 않냐? 전학 온 다른 북한 애들은 촌뜨기처
럼 어리벙벙한데 그 애는 씩씩하고 멋있어. 자세히 보면
살짝 보조개도 있어. 후훗!"

희빈이가 쉬는 시간마다 해동이 이야기로 수다를 떨
었어요.

"내가 이상합네까?"

희빈이는 해동이가 한 말을 수다 중간 중간에 넣어 양
념으로 써 먹었어요. 그때마다 아이들은 웃음을 터뜨렸
고요. 아이들도 그 말에 전염이 된 듯 따라했어요.

'내가 이상합네까? 내가 이상합네까?'

나도 입속으로 중얼거려 보았어요. 확실히 중독성이 있었어요. 말을 하다가 개그를 하듯 어디에 넣어도 어색하지 않았어요. 특히 희빈이처럼 말의 주도권을 잡고 있다면 웃음이 빵빵 터졌어요.

나는 점점 불안해지기 시작했어요. 혼자 다짐하고 혼자 바라던 바와 달리 해동이에 대한 아이들의 호기심은 점점 커졌어요.

"야, 그 애 어느 동에 살까? 내가 이상합네까?"

희빈이가 내게 물었어요. 해동이의 말까지 흉내 내면서요.

"궁금한데 따라가 볼까?"

지민이까지 호기심을 보였어요.

"은비, 너도 같이 가 볼래?"

희빈이가 또 나를 끌어들였어요.

"됐어!"

나는 딱 잘라 말했어요.

"깜짝이야. 내가 이상합네까?"

희빈이가 빙글거렸어요. 이번에도 해동이의 말을 흉내 내면서요.

"그만하라니까?"

나는 발끈 화를 냈어요.

"너 왜 그래? 내가 이상합네까?"

희빈이가 눈을 동그랗게 떴어요. 지민이도 옆에서 내 얼굴을 말끄러미 바라보았고요. 정말 '내가 이상하냐?'라고 묻고 싶은 것은 나였어요.

나는 가방을 챙겨 교실을 나왔어요. 그리고 신발장에서 운동화를 꺼내 신으려던 참이었어요.

"고모!"

해동이가 5반 교실 문에서 나오며 소리쳤어요. 5반이 먼저 끝났는지 다른 아이들은 보이지 않았어요. 해동이는 우리 반이 끝나기를 기다리고 있어나 봐요.

나는 너무 놀라 그 자리에 주저앉아 버렸어요. 마치 엄마가 허리 병 때문에 주저앉는 것처럼요. 어느새 아이들이 우르르 몰려나왔어요.

"쟤, 아직 안 갔네? 잘됐다. 우리 같이 가자. **내가 이**

상합네까? 까르르!"

희빈이가 해동이 쪽으로 걸어가며 웃음을 터뜨렸어요. 해동이가 '고모!' 하고 부르는 소리를 듣지 못한 듯했어요.

'제발!'

나는 아프지도 않은 허리를 한 손으로 짚고 일어서며 마음속으로 빌었어요. 제발 고모라고 부르지 말아 달라고요.

"고모! 괜찮습네까?"

해동이가 이렇게 말하며 희빈이를 지나쳐 걸어왔어요.

"고오모? 은비가 고오모야?"

태산이가 다시 한 번 해동이의 말을 강조해 버렸어요. 아이들의 눈이 휘둥그레지는 것도 잠깐이었어요.

"응, 우리 고모. 내레 조카가 되는 기야."

해동이가 자랑거리라도 되는 듯 더 떠벌렸어요.

"와! 쇼킹하다. 말도 안 돼. 이것은 대박 트윗감이다. 어떻게 같은 학년이 하나는 고모가 되고 하나는 조카가 되냐?"

지민이가 흥분을 했어요. 지민이는 당장이라도 그 사실을 SNS로 날릴 듯 휴대 전화를 꺼내 들었어요. 누군가 찰칵! 하고 휴대 전화 카메라의 셔터를 눌렀어요.

"이것이야말로 분단되었던 나라의 아픔입니다. 고모를 고모라고 불러 보지도 못하고, 조카를 조카라고 불러 보지도 못하고 떨어져 살았습니다. 그러나 이제 드디어 만났습니다. 이상 통일의 현장에서 SNS 김태산 기자였습니다."

방송 기자가 꿈이라는 태산이가 기회를 놓치지 않고 중계방송을 해 버렸어요.

"와아! 짝짝짝!"

아이들이 함성을 지르며 박수를 쳤어요.

"너희들 집에 안 가고 뭐 하니?"

선생님이 소리를 치며 다가왔어요. 나는 얼른 운동화를 꺼내 신고 출입문 쪽으로 달렸어요.

"은비가 쟤 고모래요. 우리도 지금 알았어요."

태산이가 선생님에게 설명을 하는 소리가 들렸어요.

"그게 정말이니?"

선생님의 놀라는 목소리까지 똑똑하게 들었어요. 그 다음부터는 눈에 아무것도 안 보였어요. 그냥 감각으로 교문을 향해 달리고 또 아파트를 향해 뛰었어요.

"은비야!"

아파트에 들어서는데 누가 팔을 잡았어요.

고모였어요.

"어머! 이 땀 좀 봐. 무슨 일 있어? 왜 그래?"

고모가 놀라서 땀 범벅이 된 얼굴을 쓰다듬어 주었어요.

"해, 해동이 때문에……. 흑흑흑!"

나는 울음을 참지 못하고 터뜨렸어요.

"뭐? 해동이? 내가 그럴 줄 알았어. 좀 생각을 해 보고 전학을 시키든지 해야지. 덜컥 전학부터 시킨다고 했을 때 내가 알아봤어."

고모가 푸르르 화를 냈어요.

"걱정 마. 이 고모가 싹 해결해 줄게. 당장 집으로 돌려보내면 될 것 아냐. 지금부터는 이 고모와 너는 같은 편이야. 우리 둘이 힘을 합쳐야 돼."

고모가 내 어깨를 감싸 안고 힘을 주며 흔들었어요. 같은 편이라는 고모의 말에 눈물이 더 쏟아졌어요.

　집에는 엄마가 없었어요. 당연히 그럴 시간이에요. 엄마가 물리 치료를 받고 돌아오는 시간은 내가 학원 끝나기 직전이니까요. 엄마가 등록을 시키는 바람에 억지로 다니는 중국어 학원이었어요. 통일이 되었으니 중국어가 제2의 외국어가 될 거라나요, 어쩐다나요.

　"네 엄마도 참 생각이 없어. 이 상황에 물리 치료는 무슨 물리 치료야. 편히 물리 치료가 돼?"

　고모는 기다리지 못하고 엄마에게 전화를 걸었어요. 전화 통화가 안 되는 모양이에요. 고모가 블라우스 단추를 풀더니 옷깃으로 펄럭펄럭 부채질을 했어요.

　"안 되겠다. 내가 엄마한테 갈 테니 넌 집에서 꼼짝 말고 있어."

　고모가 밖으로 나갔어요. 나는 세면대로 갔어요. 땀과 함께 흘러내린 머리카락이 얼굴에 붙어 엉망이었어요. 아직도 정신이 멍해서 잘 정리가 되지 않았어요. 찬물을 틀어 세수를 했어요. 좀 정신이 들었어요.

　"띠익!"

휴대 전화에서 소리가 났어요. SNS 서비스예요. RT로 들어온 내용 중에 '통일의 현장'이 있었어요. 벌써 누가 내 이야기를 팔로윙했어요. 이제 나까지 학교의 명물이 되어 버렸어요.

"딩동!"

초인종이 울렸어요. 아주 조심스럽게요. 해동이가 틀림없어요.

"딩동딩동!"

다시 초인종이 울렸어요.

"은비야! 나 희빈이. 너 집에 있는 거 다 알아. 경비실에서 알려 줬어."

희빈이였어요. 나서기 좋아하는 희빈이가 기어코 해동이를 따라온 듯했어요. 어쩌면 지민이도 따라왔을지 몰라요.

"걱정 마. 지민이는 안 왔어. 문 열어."

희빈이는 귀신이에요. 내 마음을 콕 집어냈어요. 나는 어쩔 수 없이 문을 열었어요.

"같이 좀 가지. 해동이가 길을 잘 모르더라."

희빈이가 손님을 데리고 오듯 해동이를 데리고 왔어
요. 해동이는 낯선 곳에 오는 것처럼 어색해했고요. 처음
우리 집에 들어 올 때와 똑같았어요.

"됐어. 이제 그만 가."

나는 희빈이에게 말했어요. 희빈이의 수다스러운 말
문이 터지기 전에 선수를 친 것이지요.

"고모라고 불렀다고 그게 도망칠 만큼 창피한 거니?"

누가 희빈이를 말려요. 희빈이가 기어코 입을 열었어요.

"태산이 말대로 통일의 현장이잖아. 그게 뭐가 어때
서. **내가 이상합네까?**"

또 시작이었어요. 듣기 싫게 해동이가 한 말을 흉내 냈
어요.

"이상하지 않고. 왜 남의 일에 그렇게 관심들이 많아.
그냥 모른 척해 주지. 됐으니 그만 가 봐."

나도 참지 않고 쏘아 댔어요.

"네가 더 이상해. 너 그거 알아?"

희빈이가 입을 삐죽이더니 휙 가 버렸어요.

저기요!

"저도 삼촌한테 한번 가 봐야 되는 것 아닙네까?"

밥을 먹다가 해동이가 불쑥 아빠에게 물었어요. 아빠가 해동이의 말뜻을 알아듣지 못한 듯했어요.

"세호한테 가 보겠다는 뜻이잖아."

나는 머리를 들지 않고 통역을 해 줬어요. 해동이의 젓가락과 내 젓가락이 굴비 구이 위에서 서로 엉켰어요. 나는 재빨리 젓가락을 거뒀어요. 해동이가 굴비 구이에서 살점을 떼어 내 쪽으로 밀어 놓았어요. 나는 못 본 척하며 시금치나물을 집어먹었어요.

"사암촌? 푸하핫!"

뒤늦게 아빠가 입에 넣었던 반찬을 뿜어 대며 웃었어요. 미처 씹히지 않은 콩나물 줄기가 식탁에 떨어졌어요. 모양이 지렁이 같았어요.

"더러워!"

나는 얼굴을 찡그렸어요. 밥맛이 뚝 떨어졌어요.

"그, 그래. 세호가 해동이에게 삼촌은 삼촌이지. 으하하핫!"

아빠가 웃음을 멈추지 않았어요.

"봐, 아빠도 웃기잖아. 내가 괜히 그러겠어?"

나는 기회다 싶어 말을 했어요. 아이들에게 해동이와의 관계가 탄로 난 그날 저녁, 나는 해동이를 세워 놓고 울며불며 소리를 쳤어요. 고모까지 합세를 하여 난리가 났었지요.

마침 퇴근을 하여 집에 돌아온 아빠가 그 광경을 보았어요. 아빠는 처음으로 나와 고모에게 굉장히 화를 냈어요. 고모에게 다시는 우리 집에 오지 말라는 말까지 하면서요.

고모가 세호가 아프다며 우리 집에 오지 않는 이유도

53

그것 때문일지도 몰라요. 그 이후 해동이는 다시는 나를 고모라고 부르지 않았어요.

그러면 뭘 해요. 지금도 학교에서 아이들은 나를 오은 비라고 부르지 않고 '해동이 고모'라고 부르는걸요.

"웃기긴……."

내 말에 아빠가 억지로 웃음을 참는 듯했어요. 그날 화를 낸 것이 생각났나 봐요.

"그래도 너희들은 동갑이잖아. 옛날에는 동갑인 고모와 조카가 많았어. 아빠한테 조카인 해동이 아빠도 아빠와 나이가 비슷하잖아."

아빠가 얼른 둘러댔어요.

'그걸 핑계라고…….'

겨우 가라앉혔던 기분이 다시 나빠지려 했어요.

"그래, 조카가 되어 병문안을 가는 것은 당연하지. 이따 학교 끝나고 은비와 함께 다녀와."

아빠의 입 주변은 감춘다고 감췄는데도 웃음이 꼼지락거렸어요.

"가는 것은 좋은데 해동이는 고모한테 절대로 '할머

니’라고 부르지 마. 호호홋!”

엄마까지 맞장구를 쳤어요.

해동이가 한숨을 푹 쉬었어요. 곁눈으로 보니 해동이의 어깨가 비에 젖은 옷처럼 축 처졌어요.

“저기요! 우리 아버지 언제 오십네까?”

해동이가 아빠에게 물었어요.

“금방 취직이 될 것 같다. 조금만 기다려.”

아빠가 대답했어요. 취직이 되면 해동이네가 아주 이사를 온다고 했어요.

“저기요! 물 좀 주시겠습네까?”

해동이가 엄마에게 말했어요. 해동이는 엄마가 물을 주자 벌컥벌컥 마시더니 일어섰어요.

“저기요! 나 먼저 학교에 가겠습네다.”

해동이가 나에게 말했어요. 그리고 책가방을 챙겨 현관문을 나갔어요. 이렇게 해동이가 우리 식구들을 부르는 호칭은 ‘저기요!’로 정해졌어요.

“잘 다녀 와.”

나 대신 엄마가 인사를 했어요.

"해동이, 학교생활은 잘하니?"

엄마가 뒤늦게 식탁에 앉으며 물었어요.

'학교생활? 말도 마.'

하마터면 나는 그렇게 말해 버릴 뻔했어요. 학교에서 해동이를 모르면 갓 전학 온 거예요. 해동이에게는 '통일 아이' 라는 별명이 붙었어요. 희빈이를 중심으로 해동이의 카페까지 생겼대요. 나는 한 번도 들어가 보지 않았지만요.

"그럭저럭!"

나는 엉뚱하게 대답을 해 버렸어요.

"그래도 다행이다. 잘 적응을 해서."

엄마도 별 관심을 보이지 않았어요.

"얼마나 대견해. 여기로 전학 온다고 북한 말의 억양도 고치고 여기 생활을 맞추기 위해 공부도 많이 했다더라. 겉으로 보면 북에서 산 아이 같지 않잖아."

그 이야기도 해동이가 카페에 올린 모양이에요. 우리 반 선생님도 카페에 들어가 해동이가 쓴 글을 읽었다고 했으니까요. 그래서 '통일 아이' 라는 별명도 해동이의 담임 선생님이 지어 준 것이라고 했어요.

"우리 오씨가 지독한 데가 있긴 하지. 한번 한다면 하고 말지. 하하핫!"

아빠가 어깨를 으쓱 올렸어요.

"한다면 하긴 뭘 해. 허리 병 고쳐 준다고 결혼하자고 해 놓고 지금까지 못 고쳐 주면서."

엄마가 입을 삐쭉거렸어요. 아빠와 엄마가 만난 것은 엄마가 배구 시합 중에 허리를 다쳤기 때문이에요. 선수촌 의사였던 아빠가 배구 선수였던 엄마를 치료했던 거지요. 공교롭게도 엄마가 고모의 고등학교 친구라서 더 쉽게 가까워진 것이고요.

"그나저나 통일이 되었으니, 당신 그 친구 한번 찾아 보지그래?"

문득 생각난 듯 아빠가 말했어요.

"당신하고 같이 남북 단일팀으로 출전을 했던 북한의 배구 선수 말이야. 공을 차지하려다 서로 부딪쳤잖아. 그때는 내가 봐도 당신이 오버를 했어. 공은 그 북한 선수의 공인데 당신이 뛰어든 거지. 그 바람에 그 북한 선수도 무릎을 다쳐 선수 생활을 그만두었다고 하던데."

아빠가 줄줄 이야기를 풀어 놓았어요.

"그 이야기는 왜 해요? 당신이 보고 싶은 것은 아니고? 허긴, 똑같이 쓰러져 있는데, 나보다 그 애한테 먼저 달려가더라. 지금 생각해도 화가 나서 죽겠어."

엄마가 숟가락을 탁 놓고 일어섰어요.

"사람 참! 그때 의사가 나 혼자였는데 당신한테 먼저 가 봐. 차별한다고 난리가 났겠지. 당신이 욕심을 부리지 않았더라면 일어나지 않을 사고였어."

아빠도 기분이 안 좋은 모양이었어요. 다른 때와는 달리 목소리가 컸어요.

"은비도 해동이에게 관심 좀 가져."

공연히 불똥이 나한테 튀었어요.

"은비 성격 몰라서 그래요? 간섭하는 것도 싫어하고 간섭받는 것도 싫어하는 애잖아요."

엄마가 설거지를 하면서 대답했어요.

"간섭과 관심은 다르지."

아빠가 엄마의 말을 잘랐어요. 해동이 때문에 아침 분

위기가 엉망이 되었어요.

비까지 부슬부슬 내렸어요. 다시 집으로 들어가 우산을 가지고 나올까 하다가 그만 두었어요.

"우산 안 가지고 나왔니?"

경비실에서 경비 아저씨가 얼굴을 내밀며 물었어요.

"엄마한테 가지고 내려오라고 연락해 줄까?"

아저씨가 인터폰 수화기를 들었어요. 나는 아저씨의 말을 무시한 채 빗속으로 걸어 들어갔어요. 머릿속에 아빠가 말한 간섭과 관심이라는 단어가 빙빙 돌았어요.

'뭐가 다르지?'

간섭이나 관심이나 남의 일에 대한 것들이에요. 남의 일인데 구태여 나설 필요가 없을 듯했어요. 경비 아저씨처럼요.

"야, 비 맞잖아."

어디서 보았는지 태산이가 뛰어와 우산을 씌워 주었어요.

"너 소식 들었어? 오늘부터 해동이가 4학년 교실을 돌며 이야기를 한대."

처음 듣는 소리였어요.

"해동이 카페에 들어가 보고 교장 선생님이 그러라고 하셨대. 해동이의 이야기가 진짜 살아 있는 통일 교육이라나 뭐라나. 재미있을 것 같지 않냐?"

태산이가 침을 꼴깍 삼켰어요.

"둘이 같이 안 다녀?"

태산이가 두리번거리며 물었어요. 해동이와 같이 학교에 안 가느냐는 뜻이에요.

"내가 왜?"

나는 소리를 빽 질렀어요.

"앗, 깜짝이야! 왜 소리를 지르고 난리야."

얼마나 놀랐는지 태산이가 화를 바락 냈어요.

해동이가 전학을 오고 나서 오은비, 나는 사라져 버린 거예요. 만나는 아이들마다 태산이처럼 나에게서 해동이를 찾았어요.

통일 아이

학교가 들썩거렸어요. 오전에 1반에서 시작한 해동이의 북한 이야기는 인기가 대단했어요. 어떤 아이가 동영상을 촬영해서 돌린 모양이었어요.

"아깝다. 설마 우리 반에 안 오는 것은 아니겠지? **내가 이상합네까?**"

재빠르게 휴대 전화로 동영상을 받은 희빈이가 울상을 지었어요. 해동이의 말을 흉내 내면서요. 아이들이 희빈이에게 몰려들어 동영상을 들여다봤어요.

"와, 저것 철조망 아냐?"

"어디, 어디. 그래, 맞다."

"해동이가 끊어 온 거야? 휴전선에 있는 것을?"

"그렇겠지!"

"와! 대박!"

아이들이 다투어 한마디씩 했어요. 철조망이라니? 해동이가 우리 집으로 온 지 한 달이 다 되어 가지만, 해동이의 방에 들어 간 적이 없으니 뭐가 있는지 몰랐어요. 아침에도 해동이는 책가방만 달랑 들고 나갔어요.

'휴전선 철조망은 무슨……. 이야기를 하라며 학교에서 일부러 준비해 준 것이겠지.'

통일이 되자 사람들이 기념으로 휴전선 철조망을 끊어 간다는 이야기는 들었어요. 아주 오래전, 독일이 통일되었을 때도 사람들이 그랬대요. 베를린 장벽을 무너뜨리고 그 조각들을 기념으로 가져갔다고요.

"우리도 철조망 좀 구해 볼 걸 그랬어. 혹시 알아? 나중에 보물이 될지."

고모가 욕심을 내던 소리도 들었어요.

"그러게 말이야. 아버지 산소에 가져가 보여 드리면 기뻐하실 텐데."

아빠도 아쉬워했어요. 그러나 철조망을 구했다는 소리는 못 들었어요.

'그런 것이 있으면 우리 식구들에게 먼저 보여 주어야 하는 것 아냐?'

나는 슬그머니 배신감이 들었어요.

"우리 반 차례까지 어떻게 기다려. 은비가 이야기 해 주면 안 돼? 너는 다 들었을 거 아냐. **내가 이상합네 까?**"

동영상의 용량이 작았던 모양이에요. 희빈이가 갑자기 내게 말했어요.

"그래, 은비가 해 봐."

아이들이 나를 향해 몰려들었어요.

"됐어! 듣고 싶으면 직접 들어."

나는 자리를 박차고 일어섰어요. 솔직히 해동이에 대해 아는 것이 아무것도 없었어요. 오히려 희빈이가 더 잘 알았어요.

"비싼 척하긴……."

지민이가 그냥 넘어갈 리가 없어요. 지민이가 입을 뾰

족하게 내밀며 빈정거렸어요. 얄미워 손바닥으로 입을 때려 버리고 싶을 만큼요.

"뭐가 비싼데?"

나는 고모처럼 두 손을 허리에 올리고 지민이를 쏘아 봤어요. 항상 지민이가 트집을 잡으면 피하던 나였어요. 상대를 안 해 버렸지요. 그런데 오늘은 달랐어요.

"그, 그게, 뭐, 뭐가 어렵다고."

내가 강하게 나가자 지민이가 찔끔해 말을 더듬었어요.

"내가 그 애랑 무슨 상관인데?"

나는 더 세게 몰아붙였어요. 여차하면 몸싸움이라도 할 각오였어요. 목도 고모처럼 빳빳하게 세우고 턱도 치켜들었어요. 그렇게 하자 눈이 불이 붙은 듯 뜨거워졌어요. 이렇게 고모가 나의 힘으로 작용할 줄은 꿈에도 몰랐어요.

"왜들 그래. 선생님 오셔."

희빈이가 나와 지민이 사이를 파고들며 말렸어요. 선생님 오신다는 소리에 아이들이 흩어졌어요. 나는 허리에 올린 손을 내리지 않은 채 자리로 돌아갔어요.

"자, 잠시 후에 우리 반에서 해동이가 이야기를 할 거예요. 이야기하는 것을 촬영해서 전교생에게 실시간으로 중계를 해 준다니까 괜히 쓸데없는 질문은 하지 않기로 해요. 교장 선생님도 참석하실 거니까."

선생님이 지민이를 바라보며 말했어요. 지민이가 가장 위험 인물이에요. 방금 나와 말다툼이 없었다면 분명히 따지고 들었을 거예요. 지민이가 반응이 없자 선생님이 머리를 갸웃거렸어요.

"은비는 다 들은 얘기겠지만 한 번 더 들어. 알았지?"

선생님이 내게도 다짐을 받으려는 듯 말했어요. 하필 우리 반에서……. 나는 가슴이 철렁했어요.

"자, 모두들 주변 정리하고 옷 단정히 하고. 범호는 책상 위에 있는 것 얼른 가방에 집어넣어."

선생님이 서두르기 시작했어요.

"여기는 구석이라 카메라에 비치지도 않을 텐데."

범호가 투덜거리며 책상 위에 늘어놓은 것들을 치웠어요. 교실에 촬영 카메라가 들어오고 몇 개의 조명도 설치되었어요. 교탁 위에 마이크도 놓였고요. 아이들이 수

군거렸어요. 가슴이 두근거리다 못해 벌떡벌떡거렸어요. 숨을 쉬기가 어려울 정도로요.

드디어 해동이가 자기네 반 선생님과 함께 교실에 들어왔어요.

"지금부터 북에서 우리 학교로 전학 온 오해동 친구의 이야기를 들어보겠습니다. 선생님이 미리 이야기하는 것보다 오해동 친구에게 직접 듣는 것이 더 좋을 것 같습니다. **내가 이상합네까?** 그럼 박수로 환영해 주세요."

해동이의 담임 선생님이 해동이의 소개를 하는 중간에 해동이가 한 말을 개그처럼 써 먹었어요. 이제는 그 말이 선생님들에게까지 유행어가 되었어요. 잔뜩 긴장해 있던 아이들이 웃음을 터뜨렸어요.

희빈이가 박수를 치자 한 박자 늦게 아이들이 따라서 박수를 쳤어요. 나는 박수 칠 시간을 놓쳐 버렸어요.

해동이가 교탁 앞에 섰어요. 해동이는 긴장이 되는지 물도 한 모금 마셨어요. 아이들이 다시 박수를 쳤어요.

"안녕하십네까? 저는 북한에서 살았드랬던 오해동이야요."

해동이가 북한 말투로 인사를 했어요. 아이들이 킥킥거리며 웃었어요.

"남한에 내려오니 어지럽습네다. 뭐가 뭔지 잘 모르겠습네다. 그래도 여러분들이 잘 대해 주어 고맙습네다. 우리 북한 아이들의 가장 큰 소원은 통일이었습네다. 그런데 여기 남한 아이들은 아닌 것 같습네다."

해동이는 말을 참 잘했어요. 시간이 지날수록 움츠렸던 어깨를 활짝 펴고 중간중간 웃는 여유까지 보였어요. 집에서와는 아주 딴판이었어요.

해동이는 남한으로 전학을 오기 위해 남한에 대해 무척 공부를 많이 했다고 했어요. 북한 말 억양을 고치기 위해 하루 종일 막대기를 가로로 입에 물고 연습을 했다는 말에는 박수가 쏟아져 나왔어요.

"여기 좀 보시라요. 이게 그 자국입네다."

해동이가 입 꼬리 쪽을 손가락으로 짚었어요. 누군가 잘 보이지 않는다고 하자 꺼멓게 막대기 자국이 있다고 했어요. 그러면서 자기처럼 북한에 대해 공부를 한 사람이 있으면 손을 들어 보라는 말까지 했고요. 당연히 손을 드는 아이가 없었어요.

"진짜 통일이 되려면 서로에 대해 공부를 많이 해야 된다고 봅네다. 저는 공부를 많이 했는데 여러분들은 부족한 것 같습네다."

이야기를 하는 해동이의 눈이 나한테서 잠시 머무르는 듯했어요. 나는 얼른 눈길을 피했어요. 해동이의 말에 교실 옆에 서 있던 선생님들이 머리를 끄덕였어요.

"이것이 휴전선 철조망입네다. 아버지가 휴전선 근처에서 일을 해서 기념으로 끊어 오신 겁네다."

드디어 해동이가 아이들이 동영상에서 보았다던 철조망을 꺼냈어요. 나도 슬쩍 곁눈으로 보았어요. 아이들이 목을 길게 빼고 바라보았어요. 그러나 조명이 너무 밝아 형체만 보였어요.

해동이는 남과 북이 나뉘어 살았던 것은 그 철조망 때문이 아니라고 했어요. 사람들 마음속에 쳐 놓은 철조망이 더 무섭다고 했어요. 해동이는 휴전선 철조망을 없앤 것처럼 남쪽에 사는 사람들과 북쪽에 사는 사람들의 마음속에 쳐져 있는 철조망을 없애자는 말로 이야기를 마쳤어요.

교실이 떠나가도록 박수가 쏟아졌어요. 마치 웅변대회장 같았어요. 선생님이 질문이 있는 사람은 질문을 하라고 했지만, 질문을 하는 사람이 없었어요. 지민이도 꼼짝을 안 했어요.

"오해동 친구 이야기 잘 들었지요? 선생님도 느끼고 반성하는 바가 참 많았어요. 앞으로 오해동 친구는 카페를 통해 북한에서 산 자신의 경험을 올린다고 해요. 우리도 북한 친구들을 이해하고 공부를 해야만 진짜 통일을 이룰 수 있어요. 자, 오해동 친구에게 박수를 쳐 주세요."

이번에는 우리 반 선생님이 마무리를 했어요.

"이것을 꼭 주고 싶은 사람이 있습네다."

해동이가 교단에서 내려오지 않고 머뭇거리며 말했어요. 손에 철조망 도막을 들고서요. 아이들의 눈이 반짝거렸어요. 희빈이가 손을 번쩍 들었어요. 선생님이 당황하며 희빈이에게 내리라는 손짓을 보냈어요.

"그래요? 누굴까? 혹시 이 선생님은 아니죠?"

선생님이 머리를 갸웃거리며 물었어요. 다시 여기저

기에서 손이 번쩍번쩍 올라갔어요.

"어서 해동이 친구가 직접 전해 주세요."

선생님이 허락을 했어요. 아이들도 침을 꼴깍꼴깍 삼키며 기다렸어요. 해동이가 철조망을 주고 싶은 사람은 희빈이나 선생님이 아닐까, 나는 그렇게 생각했어요.

해동이가 교단에서 내려왔어요. 해동이는 가운데 통로로 길을 잡았어요. 똑바로 오면 내 자리 쪽이었어요.

"에이, 은비 주려나 봐."

희빈이가 실망을 한 듯 말했어요. 그사이 내 앞으로 온 해동이가 철조망 도막을 내게 내밀었어요.

"자기네 고모 주는 거네, 뭐."

지민이가 하는 말을 전교생이 다 들었을 거예요.

핏줄

해동이는 철조망으로 나를 또 한 번 곤경에 빠뜨렸어요. 나하고 사이좋게 지내고 싶어서 한 행동이지만 절대로 용서할 수 없어요. 전교생이 지켜보고 있는 가운데 준 철조망이라 달라고 보채는 희빈이에게 줄 수도 없었어요. 졸지에 나는 해동이의 아주 못된 고모가 된 거예요.

해동이 아빠가 우리 집에 잠시 다니러 왔어요.

"참, 형님께서 아버님의 편지는 뜯어보셨나요?"

아빠가 해동이 아빠에게 물었어요. 아빠가 할아버지의 편지를 전달한 모양이에요. 할아버지의 편지 이야기가 나오자 주방에 있던 엄마가 청소를 하는 척하며 슬금 슬금 소파로 다가왔어요.

"하하핫!"

갑자기 해동이 아빠가 웃음을 터뜨렸어요.

"편지에 뭐라고 쓰셨어요?"

엄마가 소파 끝에 엉덩이를 붙이고 앉으며 물었어요.

"마, 말도 마시라요. 세상에 그런 편지가 어디 있습네까?"

해동이 아빠가 웃으며 말했어요.

"혹시 재산이라든가……. 뭐 그런 말씀 안 적어 놓으셨나요?"

드디어 엄마가 진짜 궁금해하던 것을 물었어요. 아빠가 엄마에게 눈을 부릅뜨며 신호를 보냈지만, 엄마는 포기하지 않았어요.

"재산은 무슨 재산입네까? 그딴 것 없었습네다. '창문아, 정말 미안하다.' 이 말밖에 없었습네다."

해동이 아빠가 말했어요. 해동이 아빠의 말을 듣고 엄마의 얼굴이 환해졌어요.

"그러니 조카님, 할아버지의 유언이니, 상가 건물이

니 그런 말 입에 올리지 마시라요. 나는 북한에서 공사장 노동자로 죽도록 일만 했시요. 그래도 배급이 안 나와 식구들의 배를 곯리는 일이 참 많았시요. 하지만 이제는 내가 일한 만큼 대가를 받게 되었으니 얼마나 좋은지 모르갔시요. 나는 식구들을 위해 열심히 일할 작정이야요. 할아버지의 재산으로 덕볼 생각은 눈곱만큼도 없시요."

해동이 아빠가 힘주어 말했어요. 엄마는 얼른 일어나 휴대 전화기를 들고 안방으로 들어갔어요. 보나 마나 고모에게 이야기를 전해 주려는 거지요.

"그나저나 세호의 병이 아주 심한가 보다. 빨리 신장을 이식해야 하는데."

아빠가 걱정을 했어요. 고모의 아들, 세호가 많이 아프대요. 일곱 살인 세호는 어릴 때부터 병원에서 살다시피했어요. 고모부도 신장이 안 좋아 신장 이식 수술을 받았는데, 어린 세호도 고모부처럼 신장을 이식해야 한다고 해요.

"아버지, 오늘 삼촌 병원에 가 보기요."

해동이가 말했어요. 나는 내일쯤 병원에 있는 세호에

게 한번 다녀오려고 마음먹고 있었어요. 해동이 때문에 불편할 때마다 자꾸 고모가 생각났어요.

"그럴까? 조카님도 오셨고 모처럼 쉬는 날이니 말이야. 은비도 같이 가자."

아빠가 말했어요.

나는 태산이와 만나기로 약속이 되어 있었어요.

"날도 좋은데 병원에도 들르고 할아버지 산소까지 들렀다 오자."

아빠가 서두르기 시작했어요. 병원의 고모, 산소의 할아버지. 무엇인가 연관성이 있는 것 같았어요. 그런데 잘 떠오르지 않아 답답했어요. 옷을 갈아입고 준비를 하면서도 내내 기억을 더듬어 봤어요.

"저는 못 가요. 일이 있어요."

엄마가 빠졌어요. 엄마가 안 간다고 하니 나도 갈 마음이 싹 달아났어요. 할아버지 산소까지 다녀오려면 적어도 다섯 시간은 걸릴 거예요.

"이렇게 같이 나서기도 어려운데, 가 보도록 하지?"

아빠가 엄마에게 물었어요.

"잊었어요? 통일교류부에 신청해 놓은 거요. 같이 가 준다고 했잖아요."

엄마의 기분이 언짢아 보였어요. 통일교류부에 신청한 일이라면 중요한 일인가 봐요.

"아, 그것!"

아빠가 그제야 생각이 난 듯했어요. 그때 나도 똑같이 한 가지 기억이 떠올랐어요. 철조망이었어요. 나중에 보물이 될지 모른다고 고모가 말했고, 할아버지 산소에 가서 보여 드리면 기뻐하실 거라고 아빠가 말했었지요. 나는 얼른 방으로 들어가 책상 서랍 속에 있는 철조망을 종이로 돌돌 말았어요. 고모를 주든지, 할아버지 산소에 놓아 드리고 오려고요.

"은비, 얼른 나와."

아빠의 부름에 해동이가 준 철조망 도막을 부리나케 가방에 넣었어요.

아빠가 운전석에 앉자 해동이 아빠가 얼른 앞자리에 앉았어요. 나는 할 수 없이 해동이와 뒷자리에 나란히 앉았고요.

"작은아버님, 저 애들이 어른이 될 때쯤에야 완전한 통일이 될 것 같지 않습네까? 지금은 뭐가 뭔지 얼떨떨합네다."

해동이 아빠가 차창 밖의 거리 풍경을 보며 말했어요.

"분단되어 살아온 지가 몇 십 년인데 그렇게 쉽게 합쳐질 수 있나요."

아빠가 대답을 했어요. 삼촌과 조카 사이지만 서로 존대를 하는 것이 여간 불편해 보이지 않았어요.

"아버지 우리도 그냥 이사 오지 않고 거기서 살면 안 되갔시오? 정말 남한에서 지내기 힘듭네다."

해동이가 뜬금없이 말했어요. 나는 가슴이 뜨끔했어요. 나 때문에 힘이 든다는 것처럼 들렸거든요. 해동이 아빠의 눈길이 아주 잠깐 내게 머물렀어요.

"자, 잘 하면서 왜……."

나는 말을 더듬었어요.

"배고픈 것보다 힘드네?"

갑자기 해동이 아빠가 해동이에게 벌컥 화를 냈어요. 나는 깜짝 놀라 엉덩이를 의자에서 들었다 놓았어요. 아빠도 놀랐는지 승용차가 기우뚱거렸어요.

"우리야 어쩔 수 없이 차이가 난다지만, 네가 어른이 되었을 때는 똑같아지지 않갔네? 통일이 뭐네. 서로 차이가 안 나야지 진짜 통일 아니갔네? 군소리 말고 공부나 열심히 하라우."

해동이 아빠가 힘주어 말했어요. 해동이가 소리 나지 않게 흑흑 느껴 울었어요.

"뚝 못 그치네? 사내자식이……."

해동이 아빠가 눈을 부라렸어요. 해동이가 얼른 눈물을 닦았어요.

"작은아버님, 죄, 죄송합네다."

해동이 아빠가 아빠에게 사과를 했어요. 아빠도 당황을 했는지 제대로 사과를 받지 못했어요. 다행히 승용차가 병원 주차장으로 들어가고 있었어요.

고모는 얼굴이 말이 아니었어요. 입술이 하얗게 일어나고 눈빛이 거뭇해졌어요. 세호 병간호를 하느라 무척 지쳐 보였어요.

세호는 팔과 옆구리에 주렁주렁 호스를 매단 채 잠들

어 있었어요. 고모가 훌쩍거렸어요.

"너답지 않게 왜 그래."

아빠가 고모의 어깨를 안아 주며 말했어요.

"자식이 아프면 기운이 다 빠져. 오빠는 모를 거야."

고모가 눈물을 펑펑 쏟았어요. 그렇게 우는 고모의 모습은 처음이었어요.

"그것 봐라. 북한에 자식을 떼어 놓고 60년 넘게 사셨던 아버님의 마음을 이제야 알겠니?"

느닷없이 아빠가 할아버지 이야기를 꺼냈어요.

"그것하고 이것하고 같아?"

고모가 발끈 화를 냈어요. 내가 생각해도 그 말을 하기에는 적당한 때가 아닌 것 같았어요.

고모의 화난 목소리에 잠들었던 세호가 얼굴을 찡그리더니 눈을 떴어요.

"어? 누나네? 은비 누나!"

세호가 반가워했어요. 나는 다가가 세호의 손을 잡아 주었어요.

"그런데 저 형은 누구야? 누나 친구야?"

세호가 해동이를 가리키며 물었어요. 해동이가 가까이 다가왔어요. 나는 잡았던 세호의 손을 살그머니 놓고 자리를 비켰어요.

"나는 조카이고, 세호는 내 삼촌입네다."

해동이가 세호의 손을 잡고 친절하게 말해 주었어요. 그리고 한 손으로 세호의 이마에 흘러내린 머리카락을 쓸어 올려 줬어요.

"그게 뭔데? 형, 손에서 전기 오는 것 같다. 찌릿하다. 형 슈퍼맨이야?"

세호가 종알거렸어요.

"나도 찌릿합네다. 삼촌이 바로 슈퍼맨입네다."

자기의 아빠에게 혼이 나 입을 다물었던 해동이의 말문이 터졌어요. 해동이는 세호와 주거니 받거니 쉴 새 없이 떠들어 댔어요. 그바람에 세호가 신이 났어요.

"쟤들은 웃겨. 지들이 언제 봤다고."

고모가 그런 해동이와 세호를 보고 피식 웃었어요.

"다 핏줄이라 당기는 거야."

아빠가 말했어요.

“핏줄은 무슨……."

말은 그렇게 삐딱하게 하면서도 고모는 싫지 않은 듯
했어요.

“세호가 특이 체질이라 신장 기증자를 만나도 잘 맞지
않는대. 오빠, 어떻게 해.”

고모는 세호가 즐거워해도 마음이 아픈 모양이었어요.

“나도 알아보고 있으니까 너무 걱정하지 마. 가장 좋
은 게 친척인데, 나도 맞지 않으니……."

고모에게는 걱정을 하지 말라고 해 놓고 아빠가 더 걱
정을 하는 듯했어요. 고모가 땅이 꺼져라 한숨을 쉬었어
요. 그때였어요.

“제 것을 주면 안 됩네까?”

해동이가 불쑥 말했어요.

“저는 세호의 조카니까 맞지 않갔습네까?”

해동이가 진지한 얼굴로 아빠에게 물었어요. 아빠도
놀라고 고모도 놀랐어요. 해동이 아빠는 더 놀라는 얼굴
이었고요.

“어린 삼촌이 얼마나 힘들갔습네까. 신장은 한쪽만 있

어도 괜찮다고 들었습네다. 그러니 제 것을 주시라요."

해동이가 떼를 쓰듯 매달렸어요.

"그, 그건 안 돼. 너는 너무 어려."

아빠가 펄쩍 뛰었어요.

'또 오버하네. 신장이 무슨 나눠 먹는 과자인 줄 아나?'

나는 입속으로 중얼거렸어요. 그런데 갑자기 가슴이 찌릿해졌어요. 해동이와 세호가 손을 잡고 찌릿해졌다고 하더니 나도 옮았나 봐요. 나는 사촌 동생인 세호에게 내 신장을 나눠 준다는 생각을 한 번도 해 본 적이 없었어요.

외톨이

학원 끝나고 집에 오자 해동이가 보이지 않았어요. 학원에 다니지 않는 해동이는 학교가 끝나면 곧장 집으로 오는데 말이에요.

"해동이는?"

나는 엄마에게 물었어요.

"병원에 갔지. 아마 늦게 아빠가 데리고 올 거야."

"나도 병원에 가 볼까?"

"네가?"

엄마가 놀라서 눈을 동그랗게 떴어요.

"그냥 세호도 볼 겸 해서. 아빠하고 같이 오면 되잖아."

요즘 들어 나는 이상하게 말이 많아졌어요.

"그럼 잘됐네. 엄마도 조금 있다가 손님 만나러 나가야 되거든."

"누군데?"

확실히 내가 이상해졌어요. 누가 물으면 그냥 짤막하게 응, 또는 아예 대답을 하지 않았는데, 오히려 꼬치꼬치 묻다니요. 엄마도 그런 내가 이상했던가 봐요. 아마 내 물음에 대답을 해야 할지 말아야 할지 고민을 하는 듯했어요.

"엄마가 선수 시절에 만났던 선수."

"혹시 아빠가 말한 남북 단일팀 북한 선수 아냐? 엄마와 부딪쳐 무릎을 다치는 바람에 선수 생활을 그만두었다는."

내 머리가 핑핑 돌아갔어요. 며칠 전, 엄마가 통일교류부에 간다고 했어요. 그 이전에 엄마는 아빠와 남북 단일팀 선수 이야기를 했어요. 서로 다툼 비슷한 것을 해서 더 기억에 남았어요.

"기억하고 있었어?"

엄마가 깜짝 놀라 물었어요.

"너답지 않게 왜 그래? 어디 아프니?"

엄마가 손바닥으로 내 이마를 짚어 보며 물었어요.

"열도 없는데……."

엄마가 머리를 갸웃했어요.

"얼마나 변했을까? 서로 알아볼 수 있을까?"

아빠가 한번 찾아보라고 했고, 엄마가 화를 낸 것 같았는데 찾은 모양이었어요. 엄마는 무척 기분이 들떠 보였어요.

나는 집을 나왔어요. 경비실을 지나쳐 오자 지민이가 돌아오고 있었어요. 지민이는 중국어에다 러시아 어까지 배운다고 했어요. 통일이 되면서 중국이 이웃이 되고 또 그 너머에 러시아까지 붙어 있어 배워 둬야 한다나 어쩐다나요.

그것이 남한 아이와 북한 아이가 다른 점 같았어요.

'배고픈 것보다 힘드네?'

이렇게 소리치던 해동이 아빠의 말이 떠올랐어요. 해동이는 지금 배고프지 않기 위해 전학을 온 것이라는 뜻이에요. 뉴스를 통해 북한 지역 주민들의 생활을 어렴풋이 알고 있었지만, 이렇게 아는 사람에게 직접 들은 적은 없었어요.

"어디 가냐?"

지민이가 먼저 말을 걸었어요.

"웬 참견?"

딱 잘라 버렸지요.

"밥맛!"

지민이가 지지 않고 대꾸했어요. 지민이와 눈이 마주쳤어요. 파박! 하고 불꽃이 튀는 듯했어요. 진짜 이사를 가야 될 사람은 해동이가 아니라 나인 것 같았어요. 지민이를 보기 싫어서라도요.

어쩐 일인지 세호의 병실 침대에 해동이 아빠가 나란히 누워 있었어요. 해동이는 세호와 놀아 주느라고 내가 온 줄도 몰랐고요. 내가 들어서자 고모가 입에 손가락을 대며 조용히 하라고 주의를 주었어요. 그러더니 나를 끌고 밖으로 나왔어요.

"어떻게 왔어?"

고모는 내가 오지 말아야 될 곳에 온 것처럼 물었어요.

"이것 주려고."

나는 얼떨결에 가방을 열어 종이로 돌돌 말은 철조망 도막을 내밀었어요. 지난번에 고모를 주든지, 할아버지 산소에 가지고 가든지 하려고 가방 속에 넣어 둔 것이었어요.

"이게 뭔데?"

고모가 철조망 도막을 손으로 꽉 움켜쥐었어요.

"아얏!"

고모가 비명을 지르며 얼른 손을 뗐어요. 종이로 돌돌 말았는데도 고모가 쥐었던 곳에는 뾰족하게 철사 가시가 나와 있었어요. 그 가시에 고모의 손이 찔렸어요. 고모의 손바닥에 피가 맺혔어요.

"얘가 고모를 놀려?"

고모가 화를 냈어요.

"왜 안 하던 짓을 해? 왜 가방에 위험한 것을 넣어가지고 다녀. 어디에 쓰려고?"

고모가 화를 내 놓고 보니 조금 미안했던가 봐요. 아니면 철조망 도막이 위험해 보이니까 그랬는지도 몰라요.
고모의 목소리가 좀 부드러워졌어요.

다행히 화를 낸 것보다 상처가 깊지 않아 안심을 하고
묻는지도 모르고요.

"휴전선 철조망이란 말야."

내 말에 고모의 태도가 싹 달라졌어요. 고모는 내가 들
고 있는 철조망 도막에 다시 손을 대더니 힘껏 잡아당겼
어요. 나는 미련 없이 놓아주었고요.

"진짜 철조망이야? 이걸 어디서 났어?"

고모가 돌돌 말린 종이를 풀며 물었어요.

"해동이가 줬어."

"해동이가? 나를 주라고 한 거야?"

"응."

고모가 감동을 하는 것 같았어요. 고모는 철사 가시가
뾰족한 것을 가슴에 대려고 했어요. 나는 깜짝 놀라 말렸
어요.

"어머, 애가 어쩌면 그렇게 어른 같니? 세상에 저런 애
는 없을 거야."

고모가 병실을 돌아보며 감탄을 했어요. 고모가 말하는 '애'란 분명히 병실에 있는 해동이었어요.

"해동이 여기 와 있어. 잠깐 들어갔다 가."

고모가 나를 병실로 잡아끌었어요. 고모는 내가 눈도 없는 줄 아나 봐요. 해동이가 병실에 있는 것을 똑똑히 봤는데요.

"해동아, 은비 왔다."

고모가 소리를 쳤어요. 그 바람에 세호 옆 침대에 잠들어 있던 해동이 아빠가 잠에서 깼어요. 해동이 아빠가 나를 보고 빙그레 웃었어요. 아파서 입원한 것 같지는 않았어요.

"저기, 왔어?"

해동이는 이제 북한 사투리도 거의 쓰지 않았어요. 자기 아빠에게 힘이 든다고 했다가 된통 혼이 난 다음부터였어요. 해동이가 머리를 돌리고 아는 체를 했어요. 세호는 얄밉게도 그런 해동이의 머리를 자기 쪽으로 다시 돌려 놓으며 장난을 걸었어요.

"뭐 하고 있네. 고모가 왔으면 벌떡 일어나 인사를 해야지."

해동이 아빠가 해동이를 꾸짖었어요.

"할아버지가 보셨으면 어쩔 뻔했네. 해동이 얼른 안 일
어나네?"

해동이 아빠가 다시 말했어요. 해동이가 쭈뼛거리며
일어섰어요.

"저기, 오셨습니까?"

해동이가 말끝을 존대로 올렸어요.

"저기가 뭐네. 고모한테."

해동이 아빠도 아빠가 말한 대로 지독한 오씨는 오씨
였어요. 고집이 만만치 않았어요.

"아유, 조카님도. 같은 또래인데 고모 소리가 나오겠
어요? 그냥 편하게 부르게 놔 둬요. 은비가 고모라고 부
르는 것을 아주 싫어해요. 그래서 그랬겠지요."

완전한 배신이에요. 고모는 해동이가 나에게 '고모'라
고 불러 망신을 주었다며 둘이 합세를 하여 펄펄 뛴 적이
있어요. 그때 고모는 나의 편이었어요. 그러나 이제는 해
동이 편이 되어 오히려 나를 무시해 버리는 것이었어요.

"해동아, 이것 내가 갖고 싶어 하는 것 어떻게 알았니?"

고모가 철조망 도막을 흔들며 말했어요.

"어? 그것 저기 준 것입니다."

해동이가 손가락으로 나를 가리켰어요.

"은비가 나 주라고 했다던데?"

"아닙니다. 저기 준 것입니다."

해동이도 오씨가 분명했어요.

"아, 그럼 은비가 필요 없으니까 나를 준 것이구나. 은비가 줬어도 해동이가 준 것이나 마찬가지지 뭐."

고모는 참 편리해요. 그렇게 자기 입맛에 맞게 모든 것을 다 뜯어고치는 이상한 버릇이 있어요.

"아, 착각했다. 그것 고모 줄 것이 아니라 할아버지 산소에 가지고 가야 되는데. 이리 줘."

나도 지고 싶지 않았어요. 오씨잖아요. 그래서 고모가 갖고 있는 철조망 도막을 다시 돌려 달라고 손을 내밀었어요. 해동이와 해동이 아빠가 지켜보고 있는데 고모가 안 줄 수 있나요?

"아빠가 그랬어. 할아버지 산소에 가지고 가서 보여

드리면 할아버지가 굉장히 기뻐하실 거라고.”

　나는 철조망 도막을 다시 종이에 돌돌 말아 손에 쥐었어요. 그리고 병실 밖으로 나왔어요.

　“해동이 아빠가 세호에게 신장을 주기로 했어. 오늘 검사를 했는데 아주 잘 맞는대. 이래서 친척이 좋은 거야.”

　고모가 따라 나오며 깜짝 놀랄 소식을 전해 줬어요. 나는 너무 놀라 손에 힘을 주었어요. 철사 가시가 종이를 뚫고 나오며 손바닥을 찔렀어요. 시원했지만 자꾸 눈물이 나왔어요. 어쩐지 나 혼자 외톨이가 된 듯했어요.

내가 이상합네까?

　　세호의 신장 이식 수술이 성공적으로 끝났어요. 해동이 아빠가 먼저 퇴원을 하자 고모가 해동이네의 이사를 서둘렀어요. 엄마에게 들은 이야기지만, 변덕스럽게도 고모는 해동이네와 같이 살자는 말까지 했다고 해요.

　　"세호가 해동이를 워낙 좋아해서."

　　핏! 고모의 핑계는 아주 웃겨요.

　　해동이네가 고모네 집 근처 아파트로 이사를 했어요. 처음 계획대로 아빠의 형님이라는 할아버지만 북한에 남기로 한 것이지요. 해동이 엄마도 처음 봤어요. 나한테는 잘된 일이지만 마음이 이상했어요.

전학을 가는 해동이가 마지막으로 학교 친구들에게 인사를 하고 집으로 돌아오는 길이었어요. 지민이와 희빈이, 그리고 태산이도 함께였어요.

"해동이 꿈이 대통령인 것 너희들 알고 있지?"

갑자기 지민이가 말했어요.

"그건 국가 기밀인데……."

해동이가 머리를 긁적이며 겸연쩍어했어요.

"기밀은 무슨……. 얘들아, 정말 멋지지 않니?"

희빈이가 박수까지 치며 호들갑을 떨었어요. 해동이의 전학은 며칠 전부터 SNS 서비스를 통해 「통일 대통령 표밭을 일구러 가다」라는 제목으로 이리저리 퍼졌어요. 보나마나 해동이의 극성팬인 희빈이의 홍보 활동일 거예요. RT로 이리저리 튕겨지는 댓글에는 거의가 응원 구호였어요. 마치 선거철 같았어요.

웃기는 일이에요. 요즘에 누가 촌스럽게 꿈이 대통령이라고 해요. 유치해 죽겠어요.

"그냥 대통령이 아니라 통일 대통령이야."

해동이가 웃으면서 다시 말했어요.

"음, 해동이라면 충분히 할 수 있어. 지금 우리 학교에 다니는 아이가 이천 명 정도잖아. 나중에 결혼을 하면 사천 명이 될 것이고, 그리고 그 친척들까지 합치면 이리저리 만 명은 표를 얻을 수 있겠다. 너 혹시 그러려고 다른 학교로 전학 가는 것 아냐? 그럼 자주 전학 다녀야겠다."

태산이가 손가락을 꼽아 가며 심각하게 셈을 했어요.

바보들 아냐? 나는 어이가 없어 웃음이 나오려고 했어요. 바보들과 같이 있으니까 나도 같이 바보가 되는 것 같았어요.

"전학을 가도 카페는 내가 관리하는 거야. 알았지? 전학 간 학교에서 또 카페를 만들게 하면 가만 안 둬."

희빈이가 몸을 앞으로 쑥 내밀며 해동이에게 겁을 주었어요. 키와 덩치가 해동이보다 더 컸어요. 해동이가 몸을 뒤로 젖히며 울상을 지었어요. 그 모습에 희빈이가 풋! 하고 웃음을 뿜어 댔어요. 침이 튀어나왔는데도 해동이는 피하지 않았어요. 지민이도 살짝 이빨을 보이며 웃었어요.

"됐어. 이제 가."

아파트 입구에서 나는 아이들을 떼어 놓았어요. 같은 아파트에 사는 지민이는 학원으로 뛰었고요.

오늘은 할아버지 산소에 가기로 했어요. 그래서 우리 집으로 고모네와 해동이네 가족이 모였어요.

"이러다 우리 오씨 집안에 정말 통일 대통령이 나오는 것 아냐?"

해동이와 SNS로 친구 맺기를 한 아빠도 그것을 보았나 봐요.

"못 나올 것은 뭐야. 해동이가 출마를 한다면 내가 팔 걷어붙이고 선거 운동에 나설 거야."

고모가 주먹을 불끈 들어 보였어요.

"푸훗!"

나는 참지 못하고 웃음을 터뜨렸어요. 거실에 모여 차를 마시던 친척들이 다 나를 바라보았어요. 나는 얼른 웃음기를 지운다고 지웠는데······.

대통령에 출마를 하려면 40세 이상이 되어야 해요. 해동이가 출마를 한다면 앞으로 30년이 남았어요. 그때 고

모 나이는 70세예요.

"별일이네. 은비가 웃는 것을 다 보고."

고모가 놓치지 않고 꼬집었어요. 역시 고모예요.

"해동이와 같이 살아서 많이 불편했을 겁네다."

해동이 아빠가 나를 보며 미안한 표정을 지었어요.

"아유, 조카님도. 지가 불편할 게 뭐 있어요. 불편하면 해동이가 불편하지. 해동이나 하니까 은비 성격 맞춰 주었지요. 쟤가 원래 혼자만 크다 보니 몰라도 뭘 한참 몰라요. 저밖에 모른다고요."

고모가 또 나를 끌어들여 무시를 했어요.

"세호 엄마는 그런 말 하면 안 되지. 큼!"

아빠가 헛기침을 하며 고모에게 한마디 했어요.

"고모는 하나밖에 없는 조카를 꼭 그렇게 해야겠어요? 혹시 고모 은비한테 샘 부려요?"

엄마도 이때다 하고 공격을 했어요.

그때였어요.

"언제 떠나는가? 쿨럭!"

소파에 앉아 졸고 있던 할아버지가 고모를 향해 말했

어요. 그 바람에 고모가 기회를 놓쳐 버렸어요. 아빠, 엄마의 공격에 그냥 넘어갈 고모가 아닌데 말이에요.

"예, 세호 아빠가 미니버스를 가지고 온다고 했어요. 우리 식구가 전부 10명이거든요."

고모가 얼른 대답을 했어요.

나는 옆에 있는 해동이의 팔을 슬쩍 건드렸어요. 해동이가 무슨 일인가 하고 눈을 크게 뜨고 쳐다봤어요. 나는 따라오라고 눈을 깜박였어요.

해동이가 내 방으로 따라 들어왔어요. 처음 우리 집에 왔을 때처럼 어색해하면서요. 아마 내 방은 이번이 두 번째일 거예요.

"저기, 왜 불렀어?"

해동이가 불안한 듯 조심스럽게 물었어요.

나는 책상 서랍 속에 넣어 두었던 철조망 도막을 꺼냈어요. 고모에게 돌려받은 후 한 번도 종이를 펼치지 않은 상태였어요.

"이것 네가 할아버지 산소에 놓아 드려."

나는 철조망 도막을 해동이에게 주었어요. 해동이가

왜냐고 묻고 싶은 듯했어요.

"할아버지가 굉장히 기뻐하실 거야."

나는 아빠가 한 말을 그대로 옮겼어요.

"응."

해동이가 작은 소리로 대답을 했어요. 마치 성격 고약한 고모가 나를 귀찮게 할 때 꼼짝을 못하는 내 모습을 보는 듯했어요. 해동이 쪽에서 보면 나도 고모보다 더하면 더했지 덜하지는 않을 것이라는 생각도 들었고요.

"은비, 뭐 하니? 얼른 나와."

엄마가 불렀어요. 다른 친척들은 모두 집을 빠져나가고 엄마만 남아 문단속을 하는 중이었어요.

"아유, 웃겨! 네 고모라면 80이 되어도 선거 운동 한다고 나설 거다. 호호홋!"

엄마가 뒤늦게 웃음을 터뜨렸어요.

"푸후훗!"

"헤헷!"

나와 해동이도 엄마의 웃음에 전염이 된 듯했어요. 나는 해동이만 쳐다봐도 웃음이 나왔어요. 해동이도 그런 모양이었어요. 엘리베이터를 타서도 웃음이 나와 서로 등을 돌리고 섰어요.

"해동이 형아!"

주차장으로 내려가자 세호가 해동이를 보고 달려왔어요. 무척 건강해 보였어요. 해동이가 달려가 번쩍 안아 주었어요.

"형이 아니라 조카라고 부르라고 하라우."

해동이 아빠가 할아버지를 흘끔거리며 해동이에게 말했어요. 할아버지도 들었을 텐데 모른 척하셨어요.

"자, 출발합니다. 안전띠를 매세요."

고모부가 운전을 했어요. 세호는 해동이에게 껌처럼 달라붙었어요. 나한테는 눈길 한번 안 줬어요.

"세호, 다 나았어?"

내가 아는 척을 했어요.

"은비, 네가 정말 웬일이니?"

고모가 뒤를 돌아다보며 물었어요. 그 바람에 힘껏 누르고 있는 웃음보가 슬슬 움직였어요. 그래도 꾹 참아 보려 했더니 딸꾹질이 쿡쿡 목을 치받았어요.

"할머니, 제가 대통령 선거에 나가면 정말 선거 운동 해 주실 거죠?"

눈치 빠르게 해동이가 나섰어요.

"당연하지. 내가 안 하면 누가 하니?"

아무것도 모르는 고모가 대답을 했어요.

"그럼 그때 할머니의 나이가 70세인데도요? 헤헤헷!"

해동이가 나대신 웃음을 터뜨렸어요. 엄마도 뒤에서 킥킥 웃음을 참고 있었고요.

"그것, 해동이 생각 아니지? 은비 머리에서 나온 생각이지?"

고모가 발끈해 나를 향해 소리를 쳤어요. 나는 얼른 자는 척했어요.

차를 탄 지 두 시간이 넘었어요. 아빠는 정말 잠이 들었고요. 해동이 아빠는 코까지 골았어요. 세호도 해동이 가슴에 달라붙어 잠들었어요. 할아버지와 해동이 엄마만 차창 너머 풍경을 바라보았어요. 아직 남한 풍경이 익숙하지 않아서 그런 것 같았어요.

해동이는 내가 준 철조망 도막을 만지작거리고 있었

어요.

차가 커브를 도는 바람에 해동이의 몸이 내게 기울어졌어요. 해동이의 머리가 내 뺨에 살짝 부딪쳤어요. 나는 재빨리 기회를 잡았어요.

"이제 고모라고 불러도 돼!"

나는 얼른 말해 버리고 눈을 감았어요. 지금부터 나는 산소에 도착할 때까지 잠든 척할 거예요.

이런 내가 이상합네까? ❀